GUSTAVE LARSONNIER

POÉSIES POSTHUMES

COMMENT JE DEVINS ÉVÊQUE

MÉLANGES — SONNETS — CHANTS RELIGIEUX

TYPOGRAPHIE OBERTHÜR, RENNES — PARIS

1889

POÉSIES POSTHUMES

GUSTAVE LARSONNIER

POÉSIES POSTHUMES

COMMENT JE DEVINS ÉVÊQUE

MÉLANGES — SONNETS — CHANTS RELIGIEUX

TYPOGRAPHIE OBERTHÜR, RENNES — PARIS

1889

COMMENT JE DEVINS ÉVÊQUE

NOUVELLE EN PROSE RIMÉE

I

C'EST dans un beau domaine où règne l'abondance
Des fruits que la saison doit à la Providence.
Le parc aux alentours étend son vert manteau,
Au fond d'une avenue apparait le château.

C'est un de ces matins où tout être aime à vivre.
Sur le gazon fleuri j'ai déposé mon livre;
Je m'y couche moi-même, heureux, émerveillé,
J'admire et mon cerveau rêve tout éveillé.
Il vient de s'absorber dans une pâquerette,
Quand un rire enfantin me fait lever la tête,

Et je vois à cent pas un petit couple humain
S'avancer lentement en se donnant la main :
Deux bijoux, deux amours! — C'est Germain et Germaine,
Enfants du régisseur de ce vaste domaine.
Ils ont coûté la vie à leur mère en naissant,
Et depuis lors leur père est sombre et languissant.
Dans son triste logis à la douleur en proie,
Les pauvres orphelins n'ont pas beaucoup de joie;
Mais l'enfance n'a point conscience des maux;
C'est là tout le bonheur de nos petits jumeaux.
Ils vont avoir huit ans à la Saint-Jean prochaine,
Dont quatre ans pour Germain et quatre ans pour Germaine.

Mais tout à coup, ainsi que deux jeunes chevreaux,
Les voici gambadant dans les prés inégaux.
De jolis cheveux blonds leurs têtes couronnées
Caressent en passant celles des graminées;
Ils font fuir dans leurs trous les timides grillons,
Et manquent d'attraper de légers papillons.
Contre une taupinière en courant Germain butte,
Et, Germaine aussitôt imitant sa culbute,
Je les vois se rouler comme deux petits chats,
S'ébattant, s'embrassant et riant aux éclats.
On dirait maintenant que Germaine et son frère
S'occupent gravement d'une importante affaire :
Ah ! c'est leur déjeuner qu'ils allaient oublier !

Côte à côte blottis sous un gros cerisier,
Germain prend son pain bis dans sa petite poche,
Des lèvres de sa sœur en souriant l'approche;
Elle y mord; à son tour elle fait pour Germain
De beaux petits croûtons qu'il reçoit de sa main.
Ils savourent ainsi ce repas délectable
Sur leurs quatre genoux qui tiennent lieu de table,
Tandis qu'un importun traversant les massifs
Marche droit aux marmots, devenus attentifs.

Il a bien cinquante ans; il est replet et chauve,
Avec des favoris à l'anglaise, au ton fauve.
Il me semble de loin que son regard est dur,
Son cœur aussi! — Pourquoi? — Je ne sais... j'en suis sûr.
Certes, je ne suis pas prompt à l'antipathie;
Cette répulsion que soudain j'ai sentie,
J'ai tort de l'accueillir. — De remords animé,
J'en blâmai la tendance et je la réprimai.
Enfin il était là, vulgaire en sa prestance,
Avec sa haute taille et son air d'importance,
Les regards attachés sur le grand cerisier,
Qui sous de beaux fruits mûrs avait l'air de plier.
Bon! pensai-je, voici de ces bonnes surprises
Qui charment les enfants : Ils auront des cerises!
Ce sera leur dessert... certes ce visiteur
Va les en régaler... s'il n'a pas mauvais cœur.

Cependant, le passant dégante sa main blanche,
Attire à sa portée une superbe branche,
Et dévore les fruits qu'il avait contemplés.
Quant aux deux orphelins, interdits et troublés,
Il leur fait endurer, tandis qu'il se régale,
Ce tourment appelé « Supplice de Tantale, »
Mais sans doute ils gardaient l'espoir, car les enfants
Savent bien que leur âge a des charmes puissants.
Eh bien, non ! Ils pouvaient voir à la dérobée
La cerise cueillie au même instant mangée :
Cette attitude était si cruelle à mes yeux
Que ce Gargantua me devint odieux.
Je lui criais tout bas : « Allons ! donne à ces anges...
A leur tour maintenant... C'est leur part que tu manges !..
Donne donc, égoïste, à ces pauvres amours !..
Donne, cœur de rocher !.. » Non, il mangeait toujours !
De mes petits amis le trouble ni la grâce
Ne fit impression sur cette âme de glace :
Il ne leur jeta pas même un fruit de rebut,
Les lorgna de travers et lentement s'en fut.

Mes pauvres innocents, serrés contre leur arbre,
Étaient silencieux comme un groupe de marbre,
Et moi je rougissais, honteux et consterné,
Que parmi mes pareils ce monstre-là fût né.
Leur chagrin m'anima d'une sainte colère;

J'étais exaspéré, j'étais fou, j'étais père !
Je m'élançai vers eux, je les pris dans mes bras,
Les couvrant de baisers qu'ils ne comprenaient pas :
« Allons, mes chérubins, grimpez sur mes épaules, »
Leur dis-je, — « A votre tour, et jouez bien vos rôles !
Tirez, cueillez, gobez ! Il n'est plus là celui
Qui vous faisait si peur et ne pensait qu'à lui ! » —
Une épaule portait Germain, l'autre Germaine,
Chacun d'eux en riant, se hâte, se démène,
Tandis que d'une main il me tient aux cheveux ;
Mais j'aurais bien souffert d'autres douleurs pour eux !
Comme eux j'avais quatre ans ; plein d'une pure ivresse,
J'entendais comme un chant d'ineffable tendresse
Murmurer du Sauveur ces mots doux et touchants :
« *Laissez venir à moi tous les petits enfants.* »
Seigneur, soyez content : leur joie est revenue.
Devant nous le passant, remontant l'avenue,
Par trois fois se retourne au bruit de nos exploits,
Et bientôt à mes yeux disparaît dans le bois.

II

Je quittai mes marmots, défendant de me suivre,
Je me remis à l'ombre et je repris mon livre;
Demandant à l'oubli le calme et le plaisir
De laisser mon esprit s'absorber à loisir :
Est-il rien de meilleur, quand sommeille le nôtre,
Que de pouvoir goûter en paix l'esprit d'un autre? —
Maintes fois, cependant, vers mes petits amis
Je portai mes regards. Ils s'étaient endormis;
Germain blotti servant d'oreiller à Germaine,
Rêvant de moi peut-être, et de leur bonne aubaine.
Merles et rossignols, fauvettes et pinsons,
Les berçaient à l'envi de leurs douces chansons.

« Dormez, chers innocents; le sommeil de l'enfance
Est déjà plus ou moins l'oubli de la souffrance !
Déjà vous connaissez les regrets, les désirs,
Vous avez vos chagrins, vos larmes, vos soupirs :
Dormez ! Mais le soleil envahit ma retraite;
Opposons à ses traits quelque obscure cachette.
Bon ! cet épais massif de lauriers, de lilas,
Est un fort imprenable où je ne le crains pas.
M'y voici. — Viens, Brizeux, viens, prince de l'idylle,
Orner de tes tableaux mon nouveau domicile;
Pour émouvoir les cœurs ta muse a tous les tons :
Viens; je dis au revoir à tes héros bretons.
Fais vibrer maintenant dans mon âme attendrie,
Les accents résignés du chantre de « Marie; »
A travers tes récits, poète, je veux voir
Comment la fleur d'amour peut vivre sans espoir.
Lisons. — Bientôt un vers m'arrête, me captive;
Puis mon esprit sans frein prend sa course rétive
A travers des milliers de problèmes divers
Où l'amour est, en Dieu, l'âme de l'univers,
Si bien que par degrés ma raison s'ensommeille,
Que je ne sais plus trop si je dors, si je veille,
Que Marie et Brizeux se dirigent vers moi...
Enfin j'entends au loin, non sans un peu d'émoi,
Deux voix, faibles d'abord, ainsi que dans un rêve,
Puis des mots. — Mais qui parle?.. Est-ce Paul, mon élève?

Est-ce... Hélène, sa sœur?.. Je saisis vaguement
Mon nom... Est-ce une erreur ?.. qu'importe assurément!
On approche... tant mieux! — Songe, erreur ou magie,
Prolongez ce moment de douce léthargie. —
— « Non, jamais! » disait Paul; « je n'ai que quatorze ans,
Mais je n'en suis pas moins le comte de Mersans.
Je ne souffrirai point que l'on me traite en fille,
Et j'entends bien garder mon rang dans la famille
Dont je serai le chef à ma majorité! »
Pour le coup, je m'éveille à ce ton irrité. —
« — Allons, mon Paul, tais-toi; tu te montes la tête, »
Dit la sœur, « sans savoir... » — Je sais ce qui s'apprête,
Et c'est plus qu'il n'en faut pour me faire frémir :
Hier soir, chez maman, j'avais l'air de dormir
Tandis que librement il parlait. Je t'assure,
Hélène, qu'ayant pris comme moi sa mesure,
Tu dirais comme moi qu'il faut, dès aujourd'hui,
Nous liguer hardiment et lutter contre lui.
Quoi! revenu d'hier, n'a-t-il pas la pensée
Que maman ferait mieux de me mettre au lycée!
Qu'il faudrait supprimer mon jeune précepteur!
De quoi se mêle-t-il? Il n'est pas mon tuteur.
Renvoyer mon ami! Qu'il essaye, et, s'il l'ose,
Je lui ferai bien voir que je suis quelque chose!
Qu'en parasite il peut vivre sur notre bien,
Mais que pour moi, pour toi, pour ma mère il n'est rien!

— « Pourquoi, mon pauvre Paul, porter tout à l'extrême? »
— « Ton pauvre Paul, ma sœur, songe moins à lui-même
Qu'au joug qui pèserait sur sa mère et sur toi.
Écoute, ce méchant a parlé d'une loi
Qui nous soumet, dit-il, à son omnipotence;
Ajoutant rudement comme avec insistance :
« — Je n'abandonnerai rien de mes droits d'époux :
Traitez-moi de tyran, soit, mais résignez-vous ! » —
Quand d'un fils comme moi la mère souffre et pleure,
Dieu veut que ce fils-là soit homme de bonne heure;
On dirait que pour lui sa main hâte le temps :
Va, je suis ton aîné malgré tes dix-huit ans !
Notre oncle de Mersans se lèvera, j'espère
Pour le jeune mentor choisi par notre père;
Le conseil de famille au besoin parlera :
Maman est ta tutrice et la mienne; on verra
Qui saura l'emporter dans ce conflit suprême.
Pauvre Monsieur Gaston ! Il m'est cher, car... Il t'aime ! »
— « Il m'aime!.. Qui l'a dit? lui? » — « Personne. Et sais-tu
Que tu l'aimes aussi? » — « Moi! » — « Nous l'avons bien vu
Ce jour où, tout sanglant, il revint de la chasse :
Tu pleurais, tu tremblais, toute pâle... » — « De grâce,
Enfant terrible, assez!.. » — « Pourquoi dirais-tu non?
Gaston de Kerloven est, certes, un beau nom
Pour la cause duquel j'aimerais à combattre !
Du cœur et des talents, n'en a-t-il pas pour quatre?

Des plus nobles vertus il mérite le prix,
Et, s'il n'a pas d'argent, nous en avons pour dix ! » —
« Soit, mais qu'il m'aime ou non, je ne veux pas qu'il puisse
S'imaginer jamais que je lui suis propice :
La lutte, les dangers que tu crains aujourd'hui
Sont autant de raisons, d'obstacles contre lui ;
L'aimer ! c'est pour ma mère une source de larmes ;
Non, Paul, je ne veux point augmenter ses alarmes :
Si mon cœur m'a pu dire un jour que je l'aimais,
Mon devoir me prescrit de le taire à jamais ! »

Je n'entendis plus rien. Je sentis une lame
Dont le froid pénétrait jusqu'au fond de mon âme ;
Puis, comme un flot brûlant dans mon cœur éperdu
Dont la voix me criait : « Tout espoir est perdu ! »
Un sanglot m'étouffait, mais j'en contins la source,
Et, tel qu'un cerf blessé, j'allais prendre ma course,
Quand je vis près de moi, Jean Richard, l'intendant,
Qui me tendait la main. — « Tiens ! vous êtes souffrant ?
Monsieur de Kerloven ; comme vous voilà pâle !
— « Je m'étais endormi, lui dis-je... et... par ce hâle...
La tête me fait mal. » — Du hâle ? il n'en fait pas !
N'importe, vous semblez souffrir... prenez mon bras,
Et cherchons mes enfants : Madame la Princesse
Aime que le dimanche ils aillent à la messe
Avec leur grand'maman que j'accompagne aussi.

— « Ils sont ici tout près, lui dis-je; les voici. —
Mais... voyons... vous est-il possible de me dire
Quel est ce personnage à tête de satyre,
Grand, la mise soignée et... des airs de vieux beau...
De longs favoris roux... Que fait-il au château ?
Et... qu'est-il arrivé depuis une semaine
Que je viens de passer chez ma mère, en Touraine?
Quand fort tard, par le parc, je revins hier soir,
Seul dans mon pavillon, je n'ai pu rien savoir.
Tout heureux ce matin, et levé dès l'aurore;
J'étais plein d'allégresse et le serais encore
Sans l'effet qu'a produit sur moi cet inconnu. »
— « Oh! c'est un grand malheur qu'il nous soit revenu! » —
— « Un malheur?.. Revenu? » — Bien qu'assez compliquée,
L'affaire en peu de mots peut vous être expliquée :
La princesse m'a dit de vous mettre au courant,
Sauf à vous de jouer au besoin l'ignorant.
Les faits pour le public sont restés lettres closes : —
Mais je dois sans détours aller au fond des choses : —
Veuve, vous le savez, Madame eût le malheur
D'être mal conseillée, et, libre de son cœur,
D'accepter par raison une union nouvelle.
Un essaim d'intrigants bourdonnait autour d'elle
Et des dix millions qu'elle tenait en main;
C'était à qui saurait en trouver le chemin.
Madame de Mersans, aussi noble que bonne,

Incapable de mal, ne soupçonnait personne.
Un prince italien que la cour protégeait,
N'ayant pas quatre sous vaillant à son budget,
Passé maître en audace, en habiles manœuvres,
Finit par l'emporter : Mais, hélas! à ses œuvres,
Sitôt après l'hymen ce joueur endetté,
Ce Tartufe de mœurs, d'honneur, de probité,
Méchant pour son plaisir, viveur de bas étage,
Mit au grand jour les dons qu'il avait en partage.
On marchanda tout bas la séparation.
Le prince y consentit à la condition
D'un dédommagement : — cent mille francs de rente! —
Moyennant quoi, sans bruit, sans rupture apparente,
Il quitterait la France et n'y reviendrait pas.
Vous voyez comme il tient sa promesse! Il est las,
Dégoûté, prétend-il, de cette vie errante.
De ses cent mille francs, dit-il, il se contente,
Mais entend s'installer ici de par la loi;
Commander, régenter!.. — Beau régent, sur ma foi!
Allons, du déjeuner je crois que l'heure approche;
A tantôt. Oui, voici le premier coup de cloche :
Il faut que je vous laisse. Au revoir, au revoir! »

Je demeurai muet et rêveur, sans pouvoir
Fixer mes sentiments : j'avais la tête lourde
Et tout mon sang bouillait d'une émotion sourde.

Mais je sentis bientôt s'atténuer ce feu;
Je venais de me mettre entre les mains de Dieu,
De résoudre par lui ce douloureux problème :
« Accomplir mon devoir en m'immolant moi-même! »

III

Je me mis à courir, de peur d'être en retard;
Nerveux, l'esprit flottant dans le vide, au hasard.
Quand je fis mon entrée on se mettait à table. —
Jamais je n'oublirai le regard lamentable
De ma bonne princesse en se tournant vers moi !
Sa fille cachait mal une sorte d'effroi,
Paul, comme un jeune coq dont le combat s'apprête,
Avait les yeux brillants et le sang à la tête.
Son beau-père, le nez plongé dans un journal,
S'en faisait simplement un maintien machinal,
Affectant de ne pas soupçonner ma présence. —
Lorsque sa femme dit en rompant le silence :
« Le prince Belloni; — Monsieur de Kerloven. »
Ces mots firent jaillir comme un double examen

Entre le prince et moi, sans qu'il crût nécessaire
De répondre au salut que j'avais dû lui faire.
La présentation, dès lors, en resta là.
Pendant assez longtemps personne ne parla;
On mangeait. — Je risquai quelques mots sur ma mère,
Les études de Paul, le beau temps, de manière
A briser cette glace et ce manteau de plomb.
Mais, malgré mes efforts pour garder mon aplomb,
Je le sentais fléchir sous ce constant malaise
Et les coups d'œil de Paul s'agitant sur sa chaise.
Le temps me paraissait d'une lenteur!.. Enfin
Ce déjeuner maussade approchait de sa fin;
Je me félicitais qu'il s'achevât sans crises,
Lorsque soudain : — « Peut-on vous offrir des cerises,
Monsieur le Précepteur? Ne vous en privez pas, »
Dit le prince; « ce fruit a pour vous des appas,
Si j'en crois les exploits dont il vous rend capable :
Vous étiez ce matin tout à fait admirable
Dans vos chaudes ardeurs pour ces petits enfants,
Monsieur de Ker... n'importe! Ils étaient triomphants :
Vous les avez choyés et gavés d'importance! »
— « Il n'est point défendu, Monsieur, d'aimer l'enfance, »
Répliquai-je, « A mes yeux, sa faiblesse a des droits,
Sa souffrance m'émeut, et je plains les cœurs froids
Qui n'en ont nul souci; qui, sans cause apparente,
Peuvent lui refuser le plaisir qui la tente!

Mais tous les sentiments sont libres sur ce point. »
— « Serait-ce une leçon?.. Je ne les aime point ! »
Répartit vivement et la lèvre pincée,
Celui qui s'appliquait le fond de ma pensée.
Vous confirmez, je vois, ce que j'ai pressenti.
Mais il faudra, Monsieur, prendre votre parti
De mieux étudier désormais votre rôle,
Et garder vos avis ; car ce serait trop drôle
Qu'il me fallût vous prendre aussi pour précepteur ! »
Et s'animant : « Sachez, dit-il, avec hauteur,
Sachez qu'il me serait, Madame, insupportable
De subir chaque jour un mentor à ma table.
Veuillez donc ordonner immédiatement
Que Monsieur soit servi dans son appartement. » —
La princesse tourna vers moi ses yeux humides.
Sa fille m'observait de ses regards timides ;
Paul allait éclater ; sur mon signe il se tut.
Quant à moi, je repris mon calme du début : —
« Vous feignez d'oublier le nom dont on me nomme,
Et semblez ignorer que je suis gentilhomme, »
Dis-je au prince assez bas. « Eh bien, à l'avenir,
N'oubliez plus, Monsieur, de vous en souvenir !
Gaston de Kerloven, le dernier de sa race,
Mettrait avec regret nos blasons face à face,
Mais les comtes bretons, à qui l'or fait défaut,
Malgré leur pauvreté sont princes quand il faut ! »

J'étais droit devant lui. Son sourire équivoque
Grimaçait le dédain d'un lâche qu'on provoque;
Il se tut. Je sortis. Paul se précipita
Pour sortir avec moi. Sa mère l'arrêta.

Je courus vers le parc, ne me sentant pas maître
Des sentiments confus qui troublaient tout mon être :
La colère, l'orgueil, mille agitations
Dominaient tour à tour mes résolutions.
La voix qui l'emporta, brisant tout artifice,
Fut celle du chrétien : Accepter le calice.
Étouffer mes regrets dans leur inanité,
Sous les pieds du devoir tuer la vanité !

La conversation que j'avais entendue
Entre Paul et sa sœur augmentait l'étendue
De ce champ douloureux où s'égarait mon cœur
Devant les horizons fermés à mon bonheur.
Hélas ! j'étais encor rebelle au sacrifice
Quand parut l'intendant revenant de l'office.
Ses deux petits jumeaux accouraient, tout joyeux,
Au-devant de l'ami toujours tendre pour eux;
Mais les pauvres enfants, en voyant mon air sombre,
Perdirent leur gaîté qui glissa comme une ombre
Sous leurs cils abaissés. — « Allons, mon gros Germain, »
Dit le père; « à ta sœur tu vas donner la main

Et rentrer gentiment près de votre grand'mère.
Embrassez bien Monsieur. » — Une pensée amère
Traversa mon esprit ! Les reverrai-je, hélas !
Je les serrai tous deux tendrement dans mes bras.
— « Comme vous êtes bon, » me dit leur brave père !.. —
Une larme brillait au bord de sa paupière
Lorsque, continuant : — « Écoutez quelques mots,
Puisque nous sommes seuls ici fort à propos :
Je viens de rencontrer, au sortir de l'église
Un certain Lefaucheux... Un vieillard qu'on méprise
A bon droit, si j'en crois la constante rumeur
Qui le poursuit. On dit qu'il était procureur,
Avocat, avoué, que sais-je ?.. homme d'affaires ;
Mais habile surtout à brouiller les plus claires,
Et, moyennant finance, à dépouiller autrui
Au profit des coquins qui s'adressent à lui.
Déjà contre Madame il fut l'agent du prince,
Et le profit pour lui, dit-on, ne fut pas mince,
Le jour où son client finit par obtenir
L'arrangement secret qu'il ne veut plus tenir.
Or, jamais je ne parle à ce vieux misérable.
Tout à l'heure, pourtant, et d'un air fort aimable,
Il m'aborde et me dit : « Eh bien, mon cher Richard,
Voilà donc du nouveau ? Je ne suis point bavard,
Vous savez, mais je puis vous dire en confidence
Que nous allons plaider, selon toute apparence,

Pour ou contre le prince; oui, cela dépendra
Du rôle qu'au procès chacun acceptera.
Pour moi, le mien est clair, le passé me l'impose,
Vous comprenez cela. — Le prince se propose,
Comme dans tout procès en séparation,
De fournir des témoins. Si votre intention
Était de témoigner en faveur de sa cause,
Je crois que vous pourriez en tirer... quelque chose... »
— « Mais, lui dis-je, comment, de quels torts accuser,
Cette femme d'honneur? » — « Vous pouvez refuser,
Reprit-il. — Vous vivez très près de la famille,
Et vous en savez long sur le fils, sur la fille,
Sur la mère, et... voyons, ce jeune précepteur...
Est-il tout à fait blanc? » — « Vous me faites horreur! »
M'écriai-je indigné. « Je commence à comprendre :
Madame veut plaider, et vous, pour le défendre,
Vous conseillez au prince un chantage odieux! »
— « En pareil cas, mon cher, chacun fait de son mieux.
Qu'importe le moyen? fou qui s'en préoccupe!
Du rôle de héros on est toujours la dupe.
Bien le bonjour; prenons que nous n'avons rien dit.
Moi je vais au château. » — J'étais abasourdi
De tant d'iniquité mêlée à tant d'audace,
Lorsque à vingt pas de moi répétant sa menace :
« Oui, dit-il, pour gagner tous les moyens sont bons,
Et quand il vous plaira nous en reparlerons. » —

Et l'honnête Richard ajouta : « Le scandale,
Vous voyez, c'est leur plan, leur tactique infernale!
Ma maîtresse n'a rien à craindre d'un procès,
Mais que d'affreux soucis, même dans le succès!

J'avais, en l'écoutant, l'âme bouleversée;
De sinistres lueurs traversaient ma pensée.
« Hélas! mon cher Richard, Dieu sera son soutien,
Lui dis-je. Quant à moi, ne tenterai-je rien
Pour ces trois nobles cœurs dans cette sombre affaire?..
Non, rien!.. Ce serait vain autant que téméraire...
Je deviendrais sans doute un sujet d'embarras.
Il faut y réfléchir, cependant... En tous cas,
Il me paraît urgent de me rendre à la ville
Où l'avis... d'un ami pourra nous être utile :
Comptant sur son bon droit, l'innocent ne doit pas
Se soustraire à la lutte ou risquer un faux pas...
Je ne pourrai rentrer que tard; veuillez m'attendre :
Sur quelque point peut-être il faudra nous entendre. » —

Mais, dès que je fus seul, je sentis ma raison
Faire dans mon cerveau le tour de l'horizon;
Soumettre à son pouvoir l'amour et la colère.
Me livrant sans réserve au Dieu qui nous éclaire;
Je priai, j'implorai, la lumière se fit;
Pour fixer l'avenir, une heure me suffit :

« Comte de Kerloven, fût-il vrai qu'elle t'aime,
Me disais-je, — il est temps de te vaincre toi-même;
D'étouffer sans pitié, comme un écho moqueur,
Les timides aveux qui vibrent dans ton cœur.
Une muraille d'or d'Hélène te sépare...
Le monde qui nous juge est injuste et barbare!
Jaloux d'un tel hymen, il sera toujours prêt
A t'y croire poussé par un vil intérêt...
Enfin, rappelle-toi la pieuse tendance
Qui ravissait ta mère aux jours de ton enfance;
Ces aspirations qui t'attiraient vers Dieu,
T'emportant jusqu'à lui sur leurs ailes de feu.
Plus tard, lorsque sur nous la volonté divine
Eut fait tomber la foudre et peser la ruine,
— Tu n'avais pas vingt ans, — ton père allait mourir,
Auprès de son chevet l'on te fit accourir :
— « Dieu me reprend, Gaston; toi, tu ne peux plus être,
Désormais, me dit-il, que militaire ou prêtre. »
— « Prêtre! lui répondis-je; oui, ma conviction
Est que je tiens d'en haut cette vocation!
Et je lus clairement dans les yeux de ma mère
La consolation qu'à sa douleur amère
Apportait ma réponse. — Il nous fallut pourtant,
Accepter un délai qu'avaient jugé prudent
D'intimes conseillers, amis de ma famille;
De dangers, disaient-ils, votre projet fourmille;

Gaston, vous ignorez le monde et ses attraits,
Subissez-en l'épreuve, et décidez après. »
D'affectueux liens unissaient la princesse
A ma mère, et sans peine elle obtint ma promesse
De consacrer mes soins au jeune de Mersans;
D'être son précepteur, enfin, pendant trois ans.
Or, j'en avais vingt-deux lorsque éclata la scène
A laquelle aujourd'hui mon sujet me ramène,
Où le prince m'avait lâchement insulté,
Et dont j'étais encor justement révolté.

Blois n'était du château qu'à petite distance.
J'y pouvais appuyer ma jeune expérience
Sur les sages avis de mon vieux directeur,
Saint prêtre, plein de foi, de science et d'honneur.
Il m'aimait, me retint toute l'après-dînée,
Notre long entretien fixa ma destinée;
Nos yeux, en nous quittant, de pleurs étaient remplis;
Les désirs de ma mère allaient être accomplis!
Du monde et de ses lois j'avais subi l'épreuve;
De ma vocation je possédais la preuve :
Dieu m'avait fait franchir sans remords, sans orgueil,
Sans regrets, les périls du plus terrible écueil!
Je me sentais vaillant, assuré dans ma voie,
Mon âme débordait d'une céleste joie;
L'avenir me gardait sans doute des combats,

Je le savais; pourtant ils ne m'effrayaient pas.

A minuit je rentrais dans ma chambre isolée,
A trois heures ma malle allait être bouclée;
J'avais à la princesse, avec émotion,
Motivé tristement ma résolution
Dans une longue lettre, où le nom de ma mère
Prêtait à mes motifs son appui tutélaire.
Au nombre des objets qu'un sentiment pieux
Ou de doux souvenirs me rendaient précieux,
Était un médaillon d'une grande richesse
Au saint Cœur de Jésus. Je priais la princesse
De l'offrir à son fils en mémoire de moi :
Gage d'affection et de commune foi.
Enfin, un chapelet aux grains d'or et d'ébène
Accompagnait mes vœux pour la comtesse Hélène.

Au petit point du jour j'éveillais l'intendant
Tout surpris de me voir : — « Mon Dieu! Quel accident
Vous amène? dit-il. » — « Aucun, soyez tranquille;
Mais hier un ami m'a fait dire à la ville
Que ma mère est souffrante et voudrait me revoir.
Vous jugez quel parti me dicte mon devoir...
Quels que soient ses désirs, je compte m'y soumettre...
Pour la dernière fois nous nous voyons, peut-être. »
— « J'ignore vos projets, mais vous avez raison, »

Reprit-il tristement, « de fuir cette maison ! »
— « N'allez pas concevoir un doute qui m'offense !
Si je pouvais avoir une heureuse influence
Sur la solution de ces cruels débats,
Même au prix de mes jours, je ne partirais pas !
Mais vous l'avez compris, j'en suis certain d'avance,
J'y serais un danger plutôt qu'une assistance...
Adieu donc ! que le Ciel adoucisse leurs maux ;
Adieu !.. Permettez-moi d'embrasser vos jumeaux,
Qui — pensai-je tout bas, — sont la cause première
De ce choc d'où jaillit à mes yeux la lumière. » —

Dans les bras l'un de l'autre ils dormaient tous les deux.
Je les bénis du cœur, je les baisai des yeux
De peur de les troubler. — « Aimez Dieu, murmurai-je,
Et contre les méchants que sa main vous protège ! »

Le bon Richard m'offrit pour me conduire à Blois,
Un petit char-à-bancs qui lui servait parfois ;
Je partis. — Au détour de la route déserte,
Je ne pus empêcher ma plaie encore ouverte
De frémir sourdement, quand, d'un furtif regard,
J'entrevis le château voilé par le brouillard.
Une larme trahit cet instant de supplice...

Et quatre jours après j'entrais à Saint-Sulpice.

IV

OUBLIONS les trente ans depuis lors écoulés,
Leurs révolutions, deux trônes écroulés. —
Sous le pied de Bismarck la France est palpitante;
La Commune à Paris règne par l'épouvante,
Des otages bientôt le sort va s'accomplir;
Mais leurs cachots sont grands : « Peuple, il faut les remplir,
Car la tache de sang qui va souiller l'histoire
Doit être large aussi pour ta plus grande gloire ! » —
Donc les fauves humains que la haine conduit,
Hyènes, tigres et loups, vont traquer dans la nuit
Ces apôtres de Dieu, dénoncés à leur rage,
Et qu'on peut égorger sans lutte et sans courage.

Le prêtre est le gibier, la victime de choix
Qu'on immole à défaut d'empereurs ou de rois.

Minuit vient de sonner, j'ai fini mon bréviaire;
J'entends les pas discrets de mon premier vicaire...
Que vient-il m'annoncer? « Le saint curé Bécourt,
Bon, simple, inoffensif, est otage à son tour!
Ils s'en sont emparés et de Bonne-Nouvelle
Le sac s'est accompli sous la main criminelle
D'une horde sans frein... » — J'en frémissais d'horreur
Lorsque mon domestique annonce un visiteur.
— Faites entrer. — « Pardon, objecta mon vicaire,
Si vous vous informiez? » — « Ce n'est point nécessaire:
Ce qui peut m'arriver de pire, c'est la mort,
Dieu merci, je suis prêt et j'accepte mon sort :
Faites entrer, » — Je vis alors de la pénombre
Émerger un jeune homme au front noble, mais sombre.
Tandis qu'il s'avançait avec simplicité
Je me sentais renaître à la sérénité.
Quand il me salua, « Se peut-il bien, me dis-je,
Qu'un mortel soit doué d'un semblable prestige!
Et comment se fait-il que je me trouve ému
Comme si dans mon cœur je l'avais reconnu? —
Sitôt qu'il m'eut parlé, mon oreille charmée
Crut entendre la voix d'une âme bien-aimée.
Ce ne fut qu'un éclair. » — « Mon père, excusez-moi, »

Dit-il d'une voix triste où perçait son émoi;
« Mais ma mère est mourante, et, dans notre paroisse
Je n'ai pu rencontrer un prêtre. En mon angoisse,
Une inspiration m'a conduit jusqu'à vous;
Que votre charité prenne pitié de nous!
Faites ce que ferait Notre-Seigneur lui-même :
Assistez une sainte à son heure suprême! »

Pendant que j'écoutais cet appel imprévu,
Je me disais tout bas! — « Mais où donc l'ai-je vu,
Cet enfant? » Vainement je sondais ma mémoire;
Elle ne m'offrait rien à quoi je pusse croire,
Et plus je contemplais ce visage charmant,
Plus mon cœur se sentait subjugué vaguement.
« Mais quels sont vos parents? » dis-je. — « Ma mère est veuve,
Répondit-il; elle a subi l'horrible épreuve
De perdre en un seul mois son frère et son époux.
O mon père, venez! je n'ai d'espoir qu'en vous :
Tout mourant peut avoir un secret qui lui pèse,
Et vous avez celui du pouvoir qui l'apaise.
Un coupé nous attend, les chevaux voleront;
Pour le double trajet peu d'instants suffiront. »
Je me levai soudain et dis à mon vicaire :
« Point de transactions avec mon ministère;
Veuillez m'attendre ici. » — Dès que j'y fus monté,
Le coupé prit sa course avec rapidité.

Il pleuvait à torrents. « Comment, me demandai-je,
Ce jeune homme en dehors s'est-il mis sur le siége?
Il aurait dû venir se placer près de moi.
C'est assez singulier... et... je ne sais pourquoi
Je ne distingue rien... ni passants, ni lumières;
J'eus bientôt reconnu, dès lors, que les portières
Ne se pouvaient ouvrir; que des volets de bois
Fixés contre le verre en couvraient les parois.
Étais-je prisonnier? ma première pensée,
Rapide et fugitive, ainsi qu'une fusée,
Fut que j'étais l'objet de quelque trahison,
Et que j'allais quitter ma roulante prison
Pour un de ces cachots qu'une tourbe en délire
Remplissait d'innocents destinés au martyre...
Mais non! Pourquoi douter? Faut-il sous ce beau front
Ne voir qu'un scélérat! Ce serait un affront
Au Dieu qui dans nos yeux fait rayonner notre âme!
Cent fois non! Cet enfant ne peut être un infâme :
Lui, si plein de candeur dans son noble embarras,
Que je me sentais prêt à lui tendre les bras!
Allons! forçons la crainte et le doute à se taire,
Me dis-je; laissons Dieu maître de ce mystère. »
Et je livrai ma vie à ce Dieu souverain.

Cependant les chevaux couraient à fond de train.
J'estimais qu'à peu près, au delà des banlieues,

Nous avions dû franchir de dix à douze lieues,
Lorsque subitement le coupé s'arrêta;
La portière s'ouvrit : deux hommes étaient là,
Seuls dans la nuit. — « Pardon, me dit mon jeune guide,
De ce ton qui commande une action rapide :
Pardon, mon père; il faut qu'un fils respectueux,
De ce léger bandeau couvre, un instant, vos yeux. »
— « Faites comme il vous plaît; j'ai résolu d'avance,
D'attendre mon destin sans nulle résistance,
Répondis-je; agissez, et trêve de discours. »
On me donna le bras, puis, par de longs détours
Et d'étage en étage avançant en silence,
On m'ôta mon bandeau dans une pièce immense,
Vaste bibliothèque aux savants manuscrits,
Aux vieux in-folio, aux modernes écrits,
Aux meubles précieux, merveilles d'un autre âge,
Aux vitraux de couleur. Enfin, pour mon usage,
S'y trouvaient les objets d'un prévoyant confort.

Un homme de trente ans environ, grand et fort,
Discret et souriant, de parfaites manières,
Beau type d'intendant des maisons princières,
Demeura près de moi. L'abordant du regard,
« — Je voudrais être admis, lui dis-je, sans retard,
Auprès de la personne... auprès de la malade
Pour laquelle j'ai fait la longue promenade

Que je viens de subir. » — « Oh! Monsieur le Curé,
Madame voudrait bien, soyez-en assuré,
Vous recevoir de suite : elle en serait heureuse;
Elle y comptait tantôt; mais elle est si fiévreuse,
Si faible... et... le docteur nous a dit hier soir
Qu'elle doit retarder le plaisir de vous voir. »
— « Çà, parlez franchement : Ce n'est pas votre faute;
Je suis son prisonnier? » — « Non, vous êtes son hôte,
Son hôte vénéré... Je dois vous avertir
Toutefois, que d'ici vous ne pouvez sortir
Sans son ordre. » — Comment! — « Soyez sûr que Madame
N'a que de saints motifs; que le soin de son âme,
Dont elle a grand souci, d'avance vous répond
De votre sûreté, de son respect profond. »
— « Vous feriez aussi bien de garder le silence :
Quoi! c'est par m'écrouer que son respect commence!
Tout cela n'est pas clair. On s'empare de moi
Par surprise; on m'enferme, et, s'il vous plaît, pourquoi
Mon jeune ravisseur s'en va-t-il en fumée
Après m'avoir trompé?.. » — « Pour rejoindre l'armée,
Sans le moindre délai, car il faut à tout prix
Qu'il soit avant le jour sous les murs de Paris,
Par ordre de ses chefs. Il y sera, j'espère,
Pour venger à la fois et son oncle et son père,
Prévenir, s'il se peut, d'odieux attentats
Et punir les forfaits de lâches scélérats.

Maintenant permettez, mon père, que j'ajoute
La déclaration d'un ordre qu'il me coûte
D'exécuter; pourtant, je ne puis qu'obéir :
Mon maître m'a commis au soin de vous servir.
Vous voudriez en vain tromper ma vigilance.
Quant à... vos questions, sachez-le bien d'avance,
Quel qu'en soit le sujet, je n'y répondrai plus.
Daignez donc m'épargner des débats superflus. »
— « En excuses, Monsieur, vous pouvez vous confondre,
Répondis-je. Je n'ai qu'un mot à vous répondre :
Vous êtes mon geôlier. Je ne vous en veux point;
Faites donc sans façons ce qui vous est enjoint. »
— « Quatre heures vont sonner, dit-il, je me retire,
Si Monsieur le Curé le permet. S'il désire
Une collation avant de se coucher.
Qu'il veuille bien le dire et je vais la chercher. »
— « Grand merci; le repos m'est bien plus nécessaire.
Bonsoir, mon cher... gardien. » — En faisant ma prière,
Sur un riche prie-Dieu, devant un crucifix,
Je vis qu'on m'avait mis un bréviaire, et fis
Cette réflexion : qu'en cette affaire obscure,
On avait préparé d'avance ma capture.
Dans quel but?.. nous verrons, tout arrive à son tour,
Me dis-je, et je dormis fort bien jusqu'au grand jour.
Je pus juger alors d'une façon palpable
Qu'en ma vaste prison tout était confortable

Dans les moindres détails, et que j'avais bien vu
Quand j'avais supposé que tout était prévu,
Même jusqu'au besoin qu'aurait de se distraire
Un chanoine au secret : En effet, l'inventaire
De la bibliothèque, ouvert près d'un volet,
Attirait les regards sur son grand chevalet.

Je sonnai. Mon gardien entra; c'était le même,
Avec son bon regard, sa politesse extrême.
—Votre nom?—Intendant.—Soit? « Monsieur l'Intendant,
Je voudrais déjeuner. » — « Oui, mon père, à l'instant. »
Dix minutes après il faisait mon service,
Et sur l'un des plateaux arrivant de l'office,
Je trouvai réunis trois ou quatre journaux.
J'eus hâte d'y chercher d'abord les faits nouveaux,
Pour juger en quel sens inclinait la fortune
Entre ceux de Versailles et ceux de la Commune. —
Tout traînait en longueur. — « Puisqu'il en est ainsi,
Me dis-je, ayons recours aux livres que voici :
Sachons nous occuper de recherches utiles,
Et, sans perdre le temps en plaintes puériles
Absorbant mon esprit dans son activité,
Mettre à profit les jours de ma captivité.
N'oublions pas, surtout, la formule chrétienne :
« La volonté de Dieu soit faite et non la mienne! »
Le lendemain matin, je lus dans un journal

Que par ordre émané d'un « Comité central, »
Mon nom avait grossi la liste des otages,
Et qu'en mon domicile un groupe de sauvages
Faisant irruption, avait tout saccagé.
Sur mon sort, toutefois, on resta partagé.
Pendant plus de huit jours les nouvelles publiques
Éditèrent sur moi des contes fantastiques :
Les unes assuraient qu'on m'avait arrêté,
Conduit à la Roquette, insulté, maltraité;
D'autres que l'on m'avait saisi dans mon église
Au moment où j'allais fuir avec ma valise,
Traîné jusqu'à Mazas où j'attendais mon sort;
D'autres que l'on m'avait fusillé dans un fort.
Tous disaient qu'on avait dédaigné mes vicaires
Pour ne point s'encombrer de victimes vulgaires :
Ce qui fut pour mon cœur un grand soulagement.

Je travaillais beaucoup, je parlais rarement,
Subissant assez bien ma longue quarantaine
Qui venait d'accomplir sa troisième semaine,
Et dont je ne pouvais encor prévoir la fin;
J'en demandais à Dieu le terme, lorsque enfin
Il plut à sa bonté d'en marquer la limite
Et de changer mon sort d'une façon subite.
Bref, la première fois que je vis l'intendant,
D'un air presque joyeux, il me dit en entrant :

« J'arrive de Paris; la Commune est vaincue.
L'incendie et la mort sont encor dans la rue,
Mais la sécurité va renaître à son tour :
L'ordre se rétablit, c'est l'affaire d'un jour.
Demain donc vous pourrez, sauf un retour contraire,
Rejoindre vos amis rentrés au presbytère.
J'ai visité l'église; elle n'a point souffert,
Car pour la préserver plus d'un bras s'est offert,
Au souvenir aimé de l'homme et du saint prêtre
Qu'un ténébreux complot avait fait disparaître.
Je vous laisse. Épargnez votre sévérité
A l'attentat commis sur votre liberté. »

Je ne veux certes point réveiller la mémoire
Des crimes monstrueux dont rougira l'histoire.
J'en étais atterré, quand, le lendemain soir
Mon bienveillant geôlier près de moi vint s'asseoir
Comme un homme navré près de verser des larmes.
« Des milliers d'insurgés ont péri par les armes;
Les tigres sont domptés, tout danger a cessé,
Dit-il. Mon jeune maître est revenu blessé.
Le docteur a jugé sa blessure légère.
Puisse-t-il dire vrai, Dieu du ciel! — « Et sa mère? »
Demandai-je. — « La mort pas à pas la poursuit,
Mais sans l'atteindre encor. Nous partons à minuit;
Mon père, soyez prêt. J'ai jugé nécessaire

De faire prévenir votre premier vicaire,
Et par votre clergé vous serez attendu;
Je vous escorterai, d'ailleurs. » — « C'est entendu, »
Répondis-je. — J'avais songé dans le silence
Aux motifs du mystère empreint de violence
Qui m'avait par la ruse éloigné de Paris;
Je croyais les avoir confusément compris;
Mais je cherchais en vain les noms des personnages
Qui demeuraient dans l'ombre et voilaient leurs visages,
J'étais reconnaissant, et, je ne sais pourquoi
Je ne me sentais pas très satisfait de moi.
Je réfléchis pourtant que dans la Providence
Ayant dès le début placé ma confiance,
Je n'avais pas le droit de blâmer ses arrêts,
N'ayant fui le danger ni de loin ni de près.

A minuit, comme moi, la voiture était prête.
De nouveau on me mit un voile sur la tête.
L'intendant près de moi monta dans le coupé,
Chacun de nous avait l'esprit préoccupé;
Nous causâmes fort peu. Quand notre véhicule
S'arrêta, l'horizon s'ouvrait au crépuscule.
Alors, mon compagnon le premier descendit,
Me pria de descendre à mon tour et me dit :
« Vous êtes à cent pas de votre presbytère.
Il faut que je vous quitte. Excusez-moi, mon père,

Mais la discrétion est ma première loi.
Adieu ! Puis-je espérer que vous prierez pour moi ? »
— « Certes, mon cher enfant, je ne saurais maudire
Ceux qui, peut-être, m'ont préservé du martyre ! »

Je garderai toujours souvenir de l'accueil
Que firent au pasteur ses ouailles en deuil ;
De la solennité de ma première messe,
Après ces jours affreux de publique détresse !

Au nombre des papiers sur ma table amassés
Se trouvait un billet qui m'intriguait assez.
Il était signé Thiers ! — « Sitôt votre rentrée,
Mon cher curé, venez me voir dans la soirée,
Nous avons à causer. Bien à vous. » — Tel était
Le contenu succinct de ce simple billet.
Ma rentrée ! « Est-ce donc, pensai-je, qu'il suppose
Que je me suis sauvé ? Pour éclaircir la chose,
Allons au rendez-vous sans attendre à demain. »
J'y fus donc. Tout d'abord, en me serrant la main,
Tandis qu'un fin sourire animait son visage :
— « Eh bien ! vous voilà donc revenu d'esclavage ?
Infortuné captif ! Ne vous étonnez pas,
Mais j'étais du complot, ajouta-t-il plus bas.
On m'avait consulté dans cette conjoncture,
Et j'avais répondu, sachant que par nature

Autant que par devoir vous cherchiez le danger :
Faites; contre lui-même il faut le protéger!
D'autant plus que la mort était votre partage :
Ces gueux-là vous avaient désigné comme otage!
Moi qui vous destinais à... certain évêché,
Il ne me plaisait point de me voir empêché
D'accomplir mon dessein. Ainsi l'affaire est faite;
Nous allons la régler. » — Mais moi, baissant la tête,
Et très bas : « Vous savez alors quel est le nom...
Et vous me le direz, n'est-ce pas? » — « Vraiment, non!
Lorsque d'être discret j'ai donné ma parole,
Jamais, mon cher ami, je ne trahis mon rôle. »

J'étais, depuis deux mois, et sans l'avoir cherché,
Comme on disait jadis, « pourvu d'un évêché, »
Quand on me présenta la carte de visite
Du comte de Chaulins. — « Faites entrer de suite, »
Dis-je en me retournant; et je vis sur le seuil,
Mon jeune ravisseur, grave et pâle, en grand deuil,
Suivi de l'intendant dont la nature aimable
M'avait souvent rendu ma prison supportable.
Je m'élançai vers eux : « C'est donc vous que je vois!
M'écriai-je en serrant toutes deux à la fois
La main du serviteur et celle de son maître.
Votre blessure? » — « Il m'a fallu pour m'en remettre
Quelques jours seulement. » — « Alors, plus de souci;

A votre mère, enfin, quand dirai-je merci ? » —
« Ma mère ! Monseigneur... hélas ! ma mère est morte,
Et voici de sa part ce que je vous apporte... » —
— « Morte!.. mon pauvre enfant!.. Et je n'ai pu la voir!
Pourquoi m'avoir privé ?.. » — « Vous allez le savoir
En brisant ce cachet. Permettez que j'ajoute
Quelques mots qu'entendra l'âme qui nous écoute.
J'étais son confident, et de tout son passé
Dans le cœur de son fils le secret fut placé.
Monsieur de Kerloven, cette âme immaculée
N'en avait point un seul dont elle fut troublée.
Cependant elle a cru qu'il plairait plus à Dieu
Que l'adieu du passé fût le suprême adieu.
Et quant au nom caché qu'ici vous allez lire... »
— « Silence, mon enfant, Dieu vient de me le dire ! »

Je trouvai sous ce pli que je tenais toujours
Une sorte d'écrin recouvert en velours,
Et j'y lus cet écrit que d'une main tremblante
Avait voulu tracer la pieuse mourante :

Je prie mon fils de remettre lui-même, après ma mort, à Monseigneur de Kerloven : Le médaillon au Cœur de Jésus que portait le colonel Paul de Mersans, lorsqu'il fut tué à Gravelotte ; — Le chapelet que je tenais de ma mère, et qui ne m'a jamais quittée depuis 30 ans ; — Plus une somme de 25,000 francs, dont il fera l'usage qu'il croira le meilleur pour le salut de l'âme de mon frère, de la mienne, et de celle du comte de Chaulins, mon époux, mort à Champigny.

HÉLÈNE DE MERSANS, Ctesse DE CHAULINS.

Un moment je restai pensif, silencieux,
Pour dominer les pleurs dont se mouillaient mes yeux.
Puis je tendis mes bras d'un geste involontaire,
Et l'enfant s'y jeta comme dans ceux d'un père.
— « Neveu de mon cher Paul, merci! je vous bénis!
Par le Cœur de Jésus, dis-je, soyez mon fils! »
Puis le calme arriva.
— « Mais Germain et Germaine?
Que sont-ils devenus? Leur mémoire incertaine
Doit avoir oublié le pauvre précepteur? »
— « Non pas, dit l'intendant, vous êtes dans l'erreur :
Mon père, bien souvent, nous a conté l'histoire
Qui rendait votre nom cher à notre mémoire,
Et qui fait qu'aujourd'hui vous êtes « Monseigneur. »
Mon père vit encor; quant à ma chère sœur,
Des terres de Mersans ma jumelle est fermière
Et de ses six enfants elle doit être fière! »
« — Quoi! vous êtes Germain! qui m'aurait jamais dit
Que vous seriez un jour mon geôlier maudit!
Êtes-vous marié? » — « Non, et ne veux point l'être
Je resterai garçon pour mieux servir mon maître! »

FIN

MÉLANGES

SONNETS — CHANTS RELIGIEUX

I

PHILÉMON & BAUCIS

L'ESSAIM des étoiles s'enfuit;
L'aube qui vient chasser la nuit
Va s'effacer devant l'aurore...
Sous les caresses du printemps
Tous les amours sont palpitants,
Toutes les fleurs voudraient éclore.

Aux premiers rayons du soleil,
Du fond de l'horizon vermeil
Une brume tiède s'élève,
Semblable au doux rayonnement

A travers lequel un amant
Voit son amante dans un rêve.

Sur nos frais rivages bretons,
L'Océan paisible a des tons
Où l'opale et l'or se confondent;
Et du sommet de ces rochers,
Si chers à nos pieux nochers,
La nature et Dieu se répondent.

Sur la falaise aux vieux sapins,
La troupe folle des lapins,
Sitôt sa vedette posée,
Va prendre ses joyeux ébats,
Au-devant d'amoureux combats,
Dans les ajoncs et la rosée.

Déjà les couples de ramiers,
Au faîte des grands châtaigniers,
Cachent leurs nids sous le feuillage :
Murmures et gazouillements,
Bruits d'ailes et frémissements,
De l'amour parlent le langage.

Écoutez! La grive a chanté,
Et sous le bosquet enchanté

S'éveillent mésanges et merles;
Tous les coteaux sont empourprés,
Et sur l'émeraude des prés
On dirait qu'il a plu des perles!

De la terre un moment épris,
Aux accents de ces mille cris
Qui de Dieu chantent les louanges,
Venez errer sur nos gazons,
Gais chérubins aux cheveux blonds,
Beaux séraphins, frères des anges.

Ces lieux sont un reflet du ciel :
De l'amour immatériel
Enseignez-y le saint mystère;
Purifiez-y les serments,
Les vœux et les embrassements
De ceux qui s'aiment sur la terre.

Caressez-y de vos regards
Ces deux époux, heureux vieillards :
Des ans ils ont subi l'outrage,
Ils sont au déclin de leurs jours,
Mais leurs deux cœurs s'aiment toujours :
L'amour des âmes n'a pas d'âge!

Et toi que Dieu fit mon soutien,
Amante, épouse, ange gardien,
Après cinquante ans de tendresses,
Viens! nous redirons à ces bois,
Fût-ce pour la dernière fois,
Les amours de notre jeunesse!

II

NOËL

ÉVEILLE-TOI, Jérusalem,
En chantant tes hymnes de joie ;
L'enfant divin que Dieu t'envoie
Vient de sourire à Bethléem !

Elle sourit aussi, la Vierge immaculée,
La mère sans péché du fils de Jéhova ;
Elle entend, au delà de la voûte étoilée,
Retentir les accords du céleste hosanna !
Son âme chante aussi d'ineffables louanges
Qui montent dans les cieux comme un parfum d'encens ;

Son cœur mêle sa voix aux concerts des Archanges,
Tandis que l'enfer tremble à ces pieux accents.

Le voici, le Sauveur, le Verbe des prophètes,
Mortel dans une étable, éternel dans les cieux !
O rois qui le cherchez, venez courber vos têtes
Devant la majesté qui brille dans ses yeux !
Le voici, le voici ! C'est l'esprit de justice,
Le cœur de dévoûment, d'amour et de bonté ;
Le doux Législateur, l'Agneau du sacrifice ;
Flambeau de l'Espérance et de la Charité !

Exempt de tout péché, pour effacer les nôtres,
Il mourra sur la Croix, le glorieux Enfant ;
Son souffle va bientôt envahir les apôtres
Qui feront rayonner son culte triomphant !
A genoux ! Devant lui toute splendeur s'efface,
Toute gloire pâlit et tout génie est vain.
Enfant, nous adorons ta puissance et ta grâce !
Salut ! Verbe éternel, Sauveur du genre humain !

Éveille-toi, Jérusalem,
En chantant tes hymnes de joie :
L'enfant divin que Dieu t'envoie
Vient de sourire à Bethléem !

III

SONNET

Que vous me rendez soucieux,
Marquise, insensible marquise!
Vous savez mon âme conquise,
Mon cœur vaincu par vos beaux yeux;

Et quand il semble qu'à mes vœux
Votre sympathie est acquise,
Quelque trait qu'un sourire aiguise
Met en déroute mes aveux!

Mon pauvre cœur se fond d'ivresse,
Il va vous peindre sa tendresse
En implorant votre pitié;

Mais un regard éteint ma fièvre :
Le mot AMOUR est sur ma lèvre...
Et je le prononce : AMITIÉ!

IV

LA FRANCE & DIEU!

CHANT BRETON DÉDIÉ AU CERCLE CATHOLIQUE DE SAINT-SERVAN

ENFANTS de la vieille Armorique,
En contemplant les flots des rivages bretons,
Songeons à ces héros de la foi catholique
Dont nous sommes les rejetons.

Que l'Évangile
Soit notre loi :
Rien n'est fragile
Avec la Foi.

Soyons unis dans l'espérance,
Chrétiens et frères en tout lieu;
Tout par le Christ, tout pour la France!
La France et Dieu, la France et Dieu!

Soldats du Dieu qui s'est fait homme,
Apôtres de sa paix et de sa liberté,
La Foi qui nous rassemble a deux sœurs que l'on nomme
L'Espérance et la Charité.

Prions! et dans ce cercle immense,
Dont l'horizon chrétien s'élargit chaque jour,
Que nos voix et nos cœurs appellent sur la France
La fraternité dans l'amour.

Laissons des ombres éphémères
Nous voiler quelques jours le soleil radieux.
Prions! nul ne saurait empêcher nos prières
De monter, libres, jusqu'aux cieux.

Prions! Mais si de la patrie
Sous des pas étrangers le sol frémit encor,
Debout! Et pour défendre une mère chérie
Affrontons de nouveau la mort.
Soldats bretons, bravons la mort!

Que l'Évangile
Soit notre loi :
Rien n'est fragile
Avec la Foi.

Soyons unis dans l'espérance,
Chrétiens et frères en tout lieu;
Tout pour le Christ, tout pour la France
La France et Dieu, la France et Dieu!

V

ENVOI

DES *Silhouettes de Femmes*

A Madame Boby de la Chapelle.

En vous envoyant ce volume,
Œuvre d'un Icare nouveau,
Entre l'enclume et le marteau
Je mets les enfants de ma plume.

Telle en effet que Dieu vous fit,
Pour sa gloire, je le présume,
Le marteau sera votre esprit,
Votre raison sera l'enclume.

Mais ce destin me paraît beau,
Très heureux même, quand je pense
Que, sans enclume et sans marteau,
Ailleurs m'attend l'indifférence.
Martelez donc en conscience.

Avec vous on aime ce jeu,
Et l'amour-propre, grâce à Dieu,
N'est point la mouche qui me pique.
C'est à l'appui de cet aveu
Que je me livre sans réplique
A votre bienveillance, un peu...
Et beaucoup à votre critique.

VI

CONSEIL

SOYEZ simple et modeste avec sincérité;
Sous un voile discret cachez votre mérite;
Taxez votre valeur de médiocrité,
Et l'on vous croira tout de suite.

— Ce personnage froid, au silence profond,
Doit être un grand esprit d'une haute aptitude,
Un penseur, un génie? — Eh non! une attitude,
Tout en surface et rien au fond.

Ayez le regard ferme et portez haut la tête,
Tranchez, ne craignez pas d'être un peu fanfaron;
Roturier, donnez-vous le titre de baron
Et tous les sots vous feront fête.

Faites-vous tout petit pour vos amis, pour tous;
Sacrifiez vos goûts, gênez-vous pour les vôtres,
Et vous réussirez... à dispenser les autres
De jamais se gêner pour vous.

VII

SIRÈNE

SONNET

La marquise est-elle coquette?
— Qui? La marquise! Nullement!
Monomane tout simplement
De séduction, de conquête.

Aussi porte-t-elle en brochette,
Nobles ou non, ouvertement,
— N'aimant à rien faire en cachette, —
Tous les cœurs du département.

L'un d'eux, pourtant, d'essence obscure,
Manquait à son assortiment,
Et, bien qu'elle eût un pied charmant,

Se dérobait à sa piqûre.
« Enfin, dit-elle un jour gaîment,
Je le tiens! — Qui? — Mon pédicure! »

VIII

GERMAINE

AVRIL embaumait la soirée
D'un souffle tiède et printanier;
Déjà les fleurs du marronnier
Se miraient dans l'onde moirée.

Le rouge-gorge curieux
Sous l'aubépine aux blanches perles
Écoutait le sifflet des merles
Et la fauvette au chant joyeux.

On sentait sous les mousses molles
Les sèves monter et frémir;
Les pervenches venaient s'offrir
Aux caresses des brises folles.

Des rayons aux tons chatoyants
Égayaient les tendres verdures;
Le calme était plein de murmures,
Les échos étaient languissants.

Et l'amour, comme la rosée
A l'aurore inonde les fleurs,
Répandait sa coupe embrasée
Sur tous les nids, sur tous les cœurs.

Et lui, chêne brisé de la forêt humaine,
Près de fixer en Dieu ses vœux irrésolus,
Sent son âme faiblir en pensant à Germaine
Dont l'amer souvenir en ces lieux le ramène,
Germaine, ses amours!.. mais qui ne l'aime plus.

IX

NE M'AIME PAS

Enfant, ne m'aime pas; l'amour c'est la souffrance :
C'est l'âpre volupté des vénéneux parfums,
Le règne des désirs, des troubles importuns,
L'ivresse qui s'éteint dans la désespérance.
Mon lot est de souffrir, le tien est de charmer :
Enfant, ne m'aime pas, mais laisse-moi t'aimer.

Oh! laisse-moi t'aimer d'une flamme discrète,
Muette, dévouée, et que nul interprète,
Ni regards, ni soupirs, n'oseront t'exprimer.

Si tu me vois frémir d'une angoisse secrète,
Paye-la d'un sourire et détourne la tête...
Enfant, ne m'aime pas, mais laisse-moi t'aimer.

J'aurai soin que jamais un signe ne révèle
— Me fallût-il te fuir pour le mieux réprimer —
Le parfum de ce lis que mon âme recèle,
Qu'un ange du Seigneur abrita sous son aile
Et qu'un souffle du Ciel acheva d'embaumer...
Enfant, ne m'aime pas, mais laisse-moi t'aimer.

X

IN EXTREMIS (1)

De certains défauts nul effort
Complètement ne nous délivre;
Ils persistent jusqu'à la mort
Et semblent vouloir nous survivre.

A terme de bail ici-bas,
Un vieux laboureur de Bretagne,
Allait y finir sa campagne
En passant de vie à trépas.

Il était pieux, bon, honnête,
Mais il avait mauvaise tête,

(1) Historique.

Et parfois devenait rétif,
A brûle-pourpoint, sans motif.

Regimber lorsque la camarde
Vous tient et vous serre le cou,
C'est un acte d'autant plus fou
Que jamais on ne la retarde.

Aussi le pauvre laboureur,
En cette dure circonstance,
Acceptait-il sans résistance
Tous les sermons de son recteur.

On voyait à son teint livide,
A son regard fixe et terni,
Qu'il errait déjà dans le vide
Et les brouillards de l'infini.

« Je fus trop violent, mon Père,
Mais je me repens, disait-il;
Dieu me pardonnera, j'espère. »
— « Oui, mon cher frère. — Ainsi soit-il. »

« — Ayez confiance et courage,
Poursuivait le recteur zélé;
Vous allez être interpellé
Par un juge indulgent et sage.

Mais vous eûtes toujours bon cœur
Et vous êtes élu d'avance.
N'ayez donc ni trouble, ni peur :
C'est le paradis qui commence.

Pour vous plus de maux, de soucis,
De faim, de froid, de lassitude;
Partageant leur béatitude,
Près des saints vous serez assis.

Dans les extases infinies
Où vos esprits se plongeront,
Vous entendrez des harmonies
Que les anges vous apprendront,

Et vous les chanterez ensemble... »
— « Quoi? fit l'homme en levant les bras,
Ils chanteront si bon leur semble,
Mais moi je ne chanterai pas! »

Et laissant retomber la tête,
Il rendit le dernier soupir.
— « Dieu, dit le recteur, est-il bête!
Quand il allait si bien mourir! »

XI

JAMAIS CONTENTS LES MARIS

SONNET DIALOGUÉ

Mon cousin, votre femme est charmante, entre nous.
— Entre nous, mon cousin, devisons d'autre chose.
— Cependant... — Je connais ma femme, je suppose :
Elle n'a qu'un défaut, c'est de les avoir tous.

— Mais... — Elle en a joué de plus malins que vous;
Elle excelle à cacher l'épine sous la rose.
— Vraiment! Sur ce point-là, bien qu'ayant bouche close,
De votre sort, cousin, vous me voyez jaloux!

— Bah! — Ma femme est, dit-on, la perfection même;
Chez elle, les vertus sont toutes à l'extrême :
Elle n'a qu'un défaut, c'est de n'en point avoir.

— Eh bien? — Elle m'assomme à parler de devoir,
Critiquant, m'infligeant défaite sur défaite...
Ah! cousin, quel fléau qu'une femme parfaite!

XII

PRIÈRE DU SOIR

SONNET MYSTIQUE

Voix terrestre.

Aux splendeurs du couchant, nature, immensité,
Océans orgueilleux, monts où l'azur commence,
Avec moi du Seigneur implorant la clémence,
Courbez-vous, fiers géants de la fragilité.

Hymne silencieux, comme une pure essence,
Ma prière, muette en son humilité,
Monte dans l'infini vers l'être illimité
Dont l'âme universelle adore la présence.

Voix céleste.

— Obéis à l'essor de tes ailes de feu;
Monte, monte toujours, esprit qui cherche Dieu;
Oublie, en le priant, ton infime poussière :

La clarté qui t'inonde, hélas! va s'obscurcir;
La terre te réclame et va te ressaisir...
Mais ton DIEU qui l'entend gardera ta prière.

XIII

AMOUR D'ICI-BAS

Crains l'amour d'ici-bas; mais, céleste comme elles,
Que ton âme se voue aux beautés immortelles,
A l'azur sans limite, aux flammes de l'éther,
Au silence des bois, aux splendeurs de la mer.

La nature a des voix et des fleurs éternelles,
D'immuables ardeurs aux pures étincelles.
A tout amour humain se mêle un suc amer,
A ses chants les plus doux un écho de l'enfer.

Crains l'amour d'ici-bas; c'est le poison qui ronge :
Dieu le fit vérité, l'homme l'a fait mensonge.
Ces millions de cœurs qui palpitent par lui
En offrent-ils un seul où l'amour pur ait lui?

Ce cœur pur, Dieu l'attend; diamant qui rayonne,
Fleuron qui trouvera sa place à la couronne
Dont resplendit son front. Il l'attend : mais, hélas!
La terre est loin du ciel! — Fuis l'amour d'ici-bas.

XIV

ENVOI D'UNE PLUME D'OR

A Mademoiselle M. L. F.

Bien qu'avec une plume d'or
Je vienne d'écrire ces lignes,
Elles n'en sont pas moins indignes
De prendre vers vous leur essor.

Dans un élan tout sympathique,
Avec elles ma plume part
Pour aller affronter sa part
De votre sévère critique.

Sévère! — Soit. Mais à demi
Transigeons : Qu'un bûcher s'allume!
Brûlez les vers, gardez la plume,
En mémoire d'un vieil ami.

XV

ENVOI

DES *Méditations*

A Madame de S. M.

Ce livre d'un vieux philosophe,
Peu gracieux pour la beauté,
Et qui fait de l'humanité
Une éternelle catastrophe,

A-t-il tort de traiter l'amour
Comme une espèce de Vampire?
Le forcer à se contredire
Serait lui jouer un beau tour;

Essayez... mais non, le problème
Est résolu : le livre a tort.
Épargnez-lui votre anathème,
Car il a du bon : il endort.

XVI

ANGE & DÉMON

SONNET

Pour Dieu! ne me dis plus : Telle femme est un ange.
Un ange! oui, par instant, — je ne le nierai pas, —
Semblable à ce reflet qui luit, vacille, change,
Car, hélas! le démon suit l'ange pas à pas.

Sur ce sphinx enchanteur ne prenons point le change;
Tout ce qui plaît, séduit, ravit par ses appas
Distille un suc amer : Ainsi l'enfer se venge!
La femme, c'est l'amour, mais non l'ange ici-bas.

Même au pied des autels, quand son esprit s'élève,
Qui donc m'expliquera l'énigme de son rêve,
Inconscient peut-être en ce cœur palpitant?

Si même dans les cieux tu planes avec elle,
Tu sentiras encor se dresser sous son aile
Quelqu'un des dards aigus des ailes de Satan.

XVII

LE LIS & L'ABEILLE

DRAME EN CINQ ACTES ET EN VERS

ACTE Ier

Le lis brisé touchait à sa dernière aurore;
Une abeille passa.
Dans la ruche voisine elle venait d'éclore,
Et, sensible au parfum qu'il exhalait encore,
Sur le lis se posa.

ACTE II

Lui frémit au contact de cette jeune amante
D'un suprême réveil;
Et, cédant aux transports d'une ardeur renaissante,
Enveloppa soudain d'une essence enivrante
Ce rayon de soleil.

ACTE III

Quand l'abeille eut tari la coupe enchanteresse
De ce bonheur d'un jour,
« Ne pars pas, dit le lis, souviens-toi de l'ivresse
Qui vit naître entre nous ta première caresse
Et mon dernier amour? »

ACTE IV

Mais l'abeille partit, encor tout imprégnée
Des vapeurs du festin.
Hélas! à quelques pas de la fleur dédaignée,
Une autre lui cachait la toile d'araignée
Où finit son destin!

ACTE V

Lis, pourquoi pleures-tu sur l'amante infidèle?
Tu vas mourir ce soir.
— Ah! c'est que je l'aimais, non pour moi, mais pour elle:
Pour elle je rêvais la vie heureuse et belle...
Et je meurs sans espoir!

XVIII

LES PERFECTIONS DE JEANNE

SONNET DIALOGUÉ

On dit Jeanne adorable. — Elle est charmante, oui.
Un peu coquette?— Oh! non : Elle a l'amour de plaire.
— Ses yeux sont-ils?.. — Ils ont un éclat inouï.
— Son sourire? — Un rayon du ciel qui nous éclaire!

— Le teint? — Bouton de rose à peine épanoui.
— Caractère? — Parfait : très égal, exemplaire.
— Son esprit? — A des traits dont on est ébloui!
— Son cœur? — Ah! pour cela... la réponse est moins claire.

Un soir qu'on en causait, un vieux célibataire,
De ses anciens amis, mais sceptique et moqueur,
Oubliant qu'il est mieux quelquefois de se taire,

Nous dit : « Ne cherchez pas, voici tout le mystère :
Un estomac d'autruche et point du tout de cœur,
Sont les deux grands secrets de ce bon caractère. »

XIX

ÉPITRE

A ma nièce C. DE MÉSANGE.

J'AI reçu ton message, ô mésange mignonne,
Et fêté dans mon cœur, non sans quelques soupirs,
Ces jours évanouis, ces riants souvenirs,
Épis d'or du passé que ta plume y moissonne.

Tout bonheur passe ou se ternit,
Et tous les plaisirs ont des ailes,
Pour fuir dès que l'été finit.
Aussi légers, mais moins fidèles
Que les constantes hirondelles,
Ils abandonnent le vieux nid.

De l'arbre aux pommes d'or quand un fruit trop mûr tombe,
Une autre à peine en fleur s'y prépare à mûrir :
Pour l'un, c'est le passé, c'est l'oubli, c'est la tombe;
Pour l'autre, le présent, le soleil, l'avenir!..

Laissons les jours bénis s'effacer dans l'espace;
Laissons les fruits trop mûrs féconder le gazon;
Laissons les fruits nouveaux resplendir à leur place;
Au passé sa vendange, à la mort sa moisson!..

Mais non, dans le néant rien ne saurait descendre :
L'amitié ne meurt pas, grâces au souvenir;
La tendresse a des noms qu'elle veut retenir;
L'amour est un Phénix, et renait de sa cendre.

Qu'il brûle un cœur de père, ou d'époux, ou d'amant,
Que son souffle immortel couve, brille ou consume,
C'est toujours le principe en qui tout se résume.
Qu'il soit une espérance, un regret, un tourment,

La nature a tracé sur chacune des pages
De son livre éternel ce chant harmonieux :
« Salut à l'amour en tous lieux,
En tous les temps, à tous les âges! »

XX

AU PEUPLE SOUVERAIN

DE 1878

Hurle ta haine ou ta colère,
Ou vocifère ta gaité;
Dénonce la propriété
Comme un vol fait au prolétaire.

Marche, tyran égalitaire,
A pieds joints sur la liberté;
Pêche un candidat populaire
Dans les égouts de la cité;

Pour l'inhumation civile
Vole des cadavres puants
Et promène-les par la ville;

Blasphème Dieu, tourbe imbécile,
Dans tes comices de truands :
Tu ne tueras point l'Évangile!

XXI

A Mme Cécile RHÈMES

Le Ciel m'a fait don d'une fille;
Vous qu'elle aime, vous qui l'aimez,
Ce qu'elle vaut, vous le savez.
Mais, en augmentant ma famille,
Dieu se fût montré généreux,
(Oserai-je dire plus sage ?)
S'il eût voulu m'en donner deux,
Dont l'une eût été votre image.

XXII

A UNE FAUSSE DÉVOTE

SONNET

Dans les profondeurs de son âme,
Madame est sainte. C'est fort bien.
Son cœur est une pure flamme.
Bon! Mais personne n'en voit rien!

Ce que l'on sait, c'est qu'elle blâme,
Mord, médit, d'un air très chrétien;
Ce que l'on dit, c'est que Madame
Est un caractère de chien.

Sans douter que Dieu ne lui garde,
Dans sa clémence ou par mégarde,
L'oubli de ces menus péchés,

Gloire ici-bas aux gens paisibles,
Dont les qualités sont visibles
Et dont les défauts sont cachés!

XXIII

AMOURS DE POÈTE

OUVRE-TOI, mon âme, aux amours divines;
Amours d'ici-bas, il vous faut mourir
Et laisser mon cœur sur le lit d'épines
Où je l'ai fermé pour ne plus l'ouvrir!

Amours des enfants, lutins du jeune âge,
Rayons indécis, élans ingénus,
Timides lueurs d'un lointain mirage,
Précoces éclairs, je vous ai connus.

Je les ai connus, ces transports de flamme;
Je vous ai subis, feux mal contenus,
Par qui l'univers vit dans une femme!
Amours de vingt ans, je vous ai connus.

Je vous ai connus, j'ai goûté vos charmes,
Amours où deux cœurs s'étaient confondus
Pour se partager la joie et les larmes :
Je vous ai connus... je vous ai perdus!

Ouvre-toi, mon âme, aux amours divines;
Amours du poète, il vous faut mourir
Et laisser mon cœur sur le lit d'épines
Où je l'ai fermé pour ne plus l'ouvrir!

XXIV

L'AMOUR MÉDECIN

SONNET GASCON

L'HIVER dernier vous ne jouîtes
Que d'une chétive santé;
Le printemps venu, vous ouïtes
Parler d'un docteur très vanté.

Il vint : vous vous épanouîtes
Comme un beau lis ressuscité;
Vous brillâtes, vous éblouîtes,
Dans l'éclat de votre beauté.

Lorsqu'on vous demanda, marquise,
Quel Dieu vous avait reconquise
Au bord du funèbre séjour;

Vous rougîtes, vous vous troublâtes,
Puis sourîtes et vous sauvâtes :
Le dieu docteur... c'était l'amour.

XXV

POINT D'ADIEUX

ELLE A LUI, LUI A ELLE

Vous voir! l'unique objet, l'âme de ma pensée,
Depuis deux mois. Deux mois! deux siècles, ô mon Dieu!
Vous voir! mais comme une ombre aussitôt effacée,
Me jetant en passant comme un suprême adieu!

Oh non! mon cœur n'a pas la force, la puissance
De supporter ce poids : Vous l'avez méconnu,
Et le vôtre, aujourd'hui, ne s'est pas souvenu
Si vous avez pensé que je puis, sans souffrance,
Rentrer dans le néant glacé de votre absence.

Ah! ne m'accusez pas d'une austère vertu :
Il me faut votre amour, c'est mon bien, c'est ma vie,
Et si j'en ai souffert, j'en veux souffrir toujours.
C'est en Dieu qu'il est né; c'est Dieu qui nous convie
A ces saintes douleurs, à ces chastes amours!

Fidèles à leurs vœux, nos pures existences,
Nos âmes s'uniront dans une même foi,
Et, seules, braveront le monde et les distances,
La mienne allant vers vous, la vôtre allant vers moi.

Point d'adieux; point d'adieux! ce serait un blasphème :
Point d'adieux dans l'amour quand il est éternel.
Si mon cœur, si ma voix vous ont dit : Je vous aime,
C'est que je vous aimais comme l'on s'aime au ciel!

XXVI

A MADAME X***

EN LUI ENVOYANT DES BONBONS DANS UNE BOITE EN FER

A cette boîte en fer battu
On accorde de la vertu;
Sachez donc, afin qu'il vous serve,
Le motif qui la fit choisir;
Il est certain qu'elle conserve,
Lorsqu'on les y tient en réserve,
Les bonbons qui pourraient moisir.
S'il était une fée adroite
Qui fît et vendît quelque boîte
De porphyre, d'argent ou d'or,

Pouvant préserver de la sorte
Tant d'amours que le vent emporte,
On l'achèterait tout d'abord.

Mais, hélas! de cet esclavage
Si quelques cœurs étaient ravis,
N'est-il pas vrai que neuf sur dix
S'en plaindraient? — Je dis : « Je le gage. »
Vous répondez! « C'est mon avis. »

XXVII

LE RENOM DE M. DE PLEINSAC

SONNET DIALOGUÉ

PAUL, JEAN

RICHE ? — A millions. — Du crédit ?
— Beaucoup. — Ses mœurs ? — Dieu lui pardonne !
— Bienfaisant ? — On dit... qu'il le dit.
— De l'esprit ? — Son journal en donne.

— Très recherché ? — Sans contredit ;
D'autant que sa cuisine est bonne,
— Son renom ? — Chaque jour grandit
Avec grosse caisse et trombone !

— Vous le raillez. Pourtant, chacun
Prétend que cet homme est... QUELQU'UN.
— Chacun! un sot qui déraisonne.

Il surfait tout ce qui reluit :
Riche, l'on est QUELQU'UN pour lui,
Pauvre, à ses yeux l'on n'est PERSONNE.

XXVIII

LE MOULIN A VENT

A Madame Sophie HUE.

TOUT tourne et tournera dans l'univers immense
Et dans l'éternité, m'affirme la science.
Pour moi, ça m'est égal, puisqu'il m'est dévolu
De mourir tôt ou tard comme Dieu l'a voulu.

Quant aux moulins à vent, vu que leur ressemblance
Avec l'esprit humain est complète, je pense,
Bien qu'on m'ait assuré, d'un ton presque absolu,
Que le blé quelque jour pousserait tout moulu,

Je pense, n'en déplaise aux savants qu'on renomme,
Que les moulins à vent existeront, en somme,
Tout juste aussi longtemps que notre humanité,

Eussent-ils disparu demain. Et voici comme :
De la cervelle humaine étant l'identité,
Le dernier d'entre eux tous sera... le dernier homme.

XXIX

LES MESSAGERS DU PRINTEMPS

I

Papillon qui passes,
D'où viens-tu ?
Dans les clairs espaces,
Où vas-tu ?

— « Je viens de disputer une amante nouvelle
Aux baisers de la brise, aux rayons du soleil.
Sur les buissons en fleurs j'ai combattu pour elle
Et goûté mon triomphe au sein d'un lis vermeil.

Et je vais maintenant, là-bas dans la prairie,
De deux jeunes amants qu'épie un œil jaloux
Réveiller doucement la prudence endormie
Dans la molle langueur d'un premier rendez-vous. »

II

Rossignol qui passes,
D'où viens-tu?
Sous les verts espaces,
Où vas-tu?

— « Dès l'aube j'ai laissé, veillant sous la ramée,
Ma compagne assidue à ses devoirs nouveaux;
Et moi, j'ai butiné pour ma jeune couvée
La pâture que Dieu donne à tous les oiseaux.
Bientôt tu m'entendras, dans un élan suprême,
Aux éclats de ma voix mêlant les plus doux sons,
Chanter mes chants d'amour pour l'épouse que j'aime,
Et de mes nouveau-nés les premières leçons. »

III

Nuage qui passes,
D'où viens-tu?
Par les bleus espaces,
Où vas-tu?

— « Je viens des Océans, esclave des tempêtes,
Poussé par l'ouragan vers un ciel plus serein.
Des pics majestueux j'ai foudroyé les têtes
Sous les feux qu'un moment j'ai portés dans mon sein.
Mais le printemps m'a fait une robe de neige,
Confiant à mes plis le parfum de ses fleurs;
Et je vais aux climats que son souffle protége,
Distiller ma rosée et mourir de mes pleurs. »

XXX

L'ERREUR

Oh! comme elle était parfumée,
Cette violette enfermée
Sous son pli de papier glacé!
Point d'adresse, de signature;
Pas même un seul mot d'écriture :
La fleur avait tout remplacé.

Comme il était doux, son langage!
L'aveu dont elle était le gage
De plaisir transportait mon cœur :
O bonheur! ô joie! Elle m'aime!
Pour ne pas le dire elle-même,
Elle en a chargé cette fleur.

Cent fois le jour ma main discrète
Ouvrait l'enveloppe secrète
Et j'y contemplais mon trésor;
Tandis que de ce sanctuaire
S'échappait la senteur légère
Qui me fait tressaillir encor.

Souvenir d'une heure bénie,
Transports de tendresse infinie,
Courts instants d'ivresse et d'émoi,
Non, je ne veux pas vous maudire,
Mais ce que la fleur ne put dire...
C'est qu'elle n'était pas pour moi.

XXXI

SONNET

A Mademoiselle M. D. M.

Quatorze ans! Qui l'eût cru? Quatorze ans! Qui l'eût dit?
Quoi! déjà tant de cœur sous ce frêle corsage!
Quoi! tant d'âme déjà sur ce jeune visage!
Dans ce cerveau d'enfant, quoi! déjà tant d'esprit!

Je ne suis point devin, peut-être encor moins sage;
Assez juste, pourtant, quelquefois j'ai prédit,
Et je sens comme un souffle en moi qui m'enhardit
A percer l'avenir dans un nouveau présage,

A coup sûr, cette fois : « Laissez venir le temps,
Passer quelques hivers, briller quelques printemps,
Et le bouton alors sera devenu rose;

Et le cœur, et l'esprit, et l'âme de vingt ans,
Jetteront autour d'eux tant de feux éclatants
Que...» — L'enfant nous entend ; chut ! parlons d'autre chose.

XXXII

ORPHELINE

SONNET

TOMBEZ, tombez, flocons de neige :
Bonne maman vient de rentrer
Et vous ne pouvez pénétrer
Sous l'humble toit qui nous protège.

Jean va revenir du collège,
Grand-papa ne peut labourer :
Hâtons-nous de leur préparer
Bon feu, bon souper et bon siège.

Puis, quand nous verrons sommeiller
Nos grands parents, las de veiller,
Je dirai tout haut la prière

Pour ceux dont nous portons le deuil;
Et dont la neige, blanc linceul
Couvre la tombe au cimetière.

XXXIII

CONSEILS A UNE AMIE

SONNETS CONTRE L'INDOLENCE

I

CHACUN peine ici-bas, c'est la lutte éternelle,
Dans l'humaine vallée où s'écoulent nos pleurs.
Les pauvres ont leurs maux, les riches ont les leurs;
En est-il que le sort n'éprouve ou ne querelle?

Sans cesse et sans pitié ce tyran nous harcèle,
Excitant contre nous ses essaims de douleurs;
Mais Dieu nous a donné, touché de nos malheurs,
Un protecteur puissant, généreux et fidèle;

Un soutien près duquel nous pouvons oublier,
Ne fût-ce qu'un moment, nos craintes, nos souffrances;
Consolateur discret, compagnon familier,

Champion noble et sûr, refuge ou bouclier,
Il se nomme TRAVAIL, et de nos défaillances
Combat la lâcheté sans nous humilier.

II

Le travail! c'est le don suprême;
L'ami qui nous suit en tout lieu;
C'est la loi, l'exemple de Dieu,
De Dieu qui travailla lui-même!

Croyez-m'en donc, moi qui vous aime,
Que vous aimez peut-être un peu :
Du travail faites-vous un jeu,
Une sauvegarde, un système.

Sur vous, d'ailleurs, il a des droits :
Vous avez de si jolis doigts
Pour changer en fée une aiguille!

On vous l'a dit plus de cent fois,
N'est-il pas vrai? — Cet œil qui brille,
Vient de répondre : « Je le crois. »

III

Travaillez! le travail défie
Les ennemis qui sont en nous;
Sa vertu qui nous fortifie,
Nous aide à repousser leurs coups.

Grâce à lui, l'indigent oublie
Que d'autres ont un sort plus doux;
Et l'opulence est ennoblie
En travaillant au bien de tous.

Ce Dieu qui vous fit sage et belle,
Ne veut pas vous trouver rebelle
Au plus riche de ses bienfaits;

Chacun récolte ce qu'il sème,
Semez pour lui la fleur qu'il aime,
Et vous récolterez la paix.

XXXIV

LE BUISSON DE ROSES

MARTHE À MARIE.

ATTENTION, Marie, et vois si je suis folle !
Je sais bien que tout bas tu m'en crois sur parole,
Mais écoute mon rêve ; ensuite tu pourras
Affirmer hautement ce que tu crois tout bas.

C'est par un beau soleil, une belle journée ;
Ma sœur est ma cadette et moi je suis l'aînée.

Nous marchions toutes deux sur un joli chemin
Où je te conduisais doucement par la main,
Où je te retenais quand tu courais trop vite.
Le soleil m'y marquait ton ombre très petite,
Et la mienne très grande ; et cela me plaisait,

Car j'entendais parler mon cœur qui me disait :
« Fais bien attention ! sois douce, mais sévère ;
La grande sœur doit être une seconde mère !.. »
Et moi je répondais : « C'est bien, mon cœur, c'est bien ;
On connaît son devoir, et je ferai le mien. »

Tout à coup, s'offre à nous un gros buisson de roses
Et de cent autres fleurs nouvellement écloses,
Leur parfum complétait notre ravissement,
Mais je me défiais de ce buisson charmant ;
J'y venais d'entrevoir de terribles épines,
De redoutables dards pour tes mains enfantines.
Je voulais t'empêcher d'aller cueillir ces fleurs
Lorsque tu m'échappas et, juge de mes pleurs,
De mes cris !.. Je voyais tes mains ensanglantées,
Et jusque sur ton cœur des épines plantées !
Tu pâlis, tu tombas, en me criant... « Pardon !
J'eus tort de résister, ton conseil était bon.
Va, je me souviendrai de ta douleur amère,
Et que ma grande sœur est ma petite mère. »
Et mon rêve cessa, m'éveillant en sursaut.
Ce vilain cauchemar, pourtant, n'est point un sot :
Je redeviens l'enfant bonne, mais étourdie,
Tandis que dans mon cœur ce songe t'a grandie ;
Ne m'épargne donc pas les conseils bienfaisants,
On a droit d'en donner lorsque l'on a seize ans.

XXXV

A PROPOS D'UN RÊVE

A Madame de L...

Quoi! vous avez rêvé de l'infime poète,
Qui s'exerce parfois, audacieux athlète,
A lutter contre vous dans de charmants tournois
Où votre esprit réduit le lutteur aux abois!

Si vous avez rêvé que, rentré dans le calme,
L'humble poète hésite à vous céder la palme,
Impatient d'un joug aussi doux que flatteur,
Alors ne rêvez plus : votre rêve est menteur.

Si vous avez rêvé que votre verve invite
A la rébellion que votre ardeur excite,
Et que le vaincu même y trouve un vif attrait,
Ah! vous pouvez rêver, car votre rêve est vrai.

Si vous avez rêvé que, quand votre âme s'ouvre,
Vos amis sont ravis de ce qu'on y découvre,
Ruisseau, fleuve ou torrent suivant leur libre cours
Vers le beau, vers le bien : rêvez, rêvez toujours.

Si vous avez rêvé... — Les rêves sont étranges :
Tantôt fils du démon, tantôt frères des anges —
... Mais devant le néant d'un rêve inachevé,
Dois-je me plaindre ou non que vous ayez rêvé?

XXXVI

CHARITÉ

HYMNE

O charité! flamme sublime,
Foyer divin, soleil d'amour
Toi dont Jésus fut la victime,
Embrase-nous à notre tour!

Au Fils de Dieu qui se fit notre frère
Et qui pour nous s'immole chaque jour,
Adoucissons les douleurs du Calvaire;
En l'imitant méritons son amour.

La charité, c'est Dieu le Père,
La charité, c'est Dieu le Fils;
C'est l'Esprit-Saint qui dit : « Espère! »
C'est un écho du paradis!

Au nom du Christ qui bénit et console,
Riches, donnez de la main et du cœur;
Donnez aussi, pauvres, car votre obole
Est un trésor aux yeux du Rédempteur :

La charité, Dieu la commande
Aux plus petits comme aux plus grands
Et de plus bas monte l'offrande,
Plus ses mérites sont puissants.

Donnez, chrétiens, donnez; celui qui donne
Grave son nom dans le Cœur de Jésus.
Donnons, pécheurs, afin qu'il nous pardonne
Et nous élève au rang de ses élus.

O charité! flamme sublime,
Foyer divin, soleil d'amour,
Toi dont Jésus fut la victime,
Embrase-nous à notre tour!

XXXVII

IN PETTO

SONNET

Dans quelques jours je serai veuve :
Le docteur l'avait bien prédit.
Quel trouble!.. O catarrhe maudit!..
Veuve à vingt ans! Dieu! quelle épreuve! —

Il ne faut point que je m'émeuve :
C'est très malsain, à ce qu'on dit... —
Souviens-toi qu'il te défendit
De porter ta toilette neuve

Et tes diamants à ce bal...
Qui pour toi fut une défaite!.. —
Vieux beau... jaloux sentimental... —

Presque avare!.. — Mais c'est égal
Dix-huit mois de deuil, de retraite...
Et puis le noir me va si mal!..

XXXVIII

JOUVENCELLE

Le zéphyr a chassé l'hiver :
Cache-toi bien, fleur printanière,
Qui t'épanouis la première
Sous la mousse du gazon vert!

Voici venir l'enfant rieuse
Que le printemps fait tressaillir :
Cache-toi bien, sa main joyeuse
Se hâterait de te cueillir.

Cachez bien vos doux nids, fauvette,
Rossignol, mésange ou pinson;
Un œil impatient vous guette :
L'enfant surveille le buisson.

Elle y reviendra, la fillette,
Pour s'emparer de vos petits,
Cachez vos nids, cachez vos nids!
Cachez-les bien, la cage est prête!

Cache-toi bien, beau jouvenceau!
La jouvencelle de ton âge
Voudra mettre ton cœur en cage
Ainsi qu'on y met un oiseau.

Et brisant demain sa conquête,
Pour quelque triomphe nouveau,
Elle t'oubliera, la coquette :
Cache-toi bien, beau jouvenceau.

XXXIX

DÉCADENCE

SONNET

Sic transit gloria... galli.

C'ÉTAIT naguère un vaillant coq
Prêt à tout genre de bataille;
Attaquant de taille et d'estoc,
Ripostant d'estoc et de taille.

Crête écarlate et bec de roc
Avec des ergots d'une taille!
Despote et jaloux, mais, en bloc,
Cher aux Èves de la volaille.

Maintenant qu'*ab hac* et *ab hoc,*
Son vieux cœur fasse encor tic-toc,
Gare aux dédains, gare aux ampoules!

Nul n'aime ou ne craint plus ses chocs :
Lui qui jadis rossait les coqs,
Le voilà battu par les poules!

XL

LE SUFFRAGE UNIVERSEL

SONNET

LAISSEZ passer! voici la foule,
La vile esclave du plus fort;
Place au torrent, place à la houle,
Dont le vin bleu triple l'effort!

C'est le vampire, c'est la goule,
Au rictus qui brûle et qui mord,
Prête à sucer le sang qui coule
Du cœur de son ennemi mort.

Place, place aux nouvelles couches!
Place à ces millions de bouches
Dont la haine insulte le Ciel!

Passez, majorités farouches,
Ou plutôt minorités louches,
Fruit du suffrage universel.

XLI

ÉPITRE

A ma nièce, au *Bois-Dormant.*

BLANCHE colombe, au *Bois-Dormant,*
Dans ton vieux château du silence,
Pour briser ta chère indolence,
Que ne suis-je un PRINCE CHARMANT !

Ma belle nièce au doux regard,
Tu sembles, en ta rêverie,
Mignon regrettant la patrie
Et ne la trouvant nulle part.

Sous tes cils à demi baissés,
Poursuis-tu quelque blanc nuage,

Comme un songe ou comme une image
Aux traits mille fois effacés?

Vois-tu là-bas des oasis
Où frémit la feuille du tremble,
Au sein d'un calme qui ressemble
Au sommeil léger des Willis?

Contemples-tu les nénuphars
Au bord des îles fortunées,
Qui, d'ombre et de fleurs couronnées,
Semblent sourire à tes regards?

Savoures-tu, près d'un ruisseau,
Au temps où chante la cigale,
L'heure où le couchant est d'opale,
Où s'éteint la voix de l'oiseau?

Dors-tu sous le bois d'oliviers,
Dans l'or et l'azur qu'il tamise,
Tandis qu'un souffle de la brise
Trahit les lointains citronniers?

— Non... Je sommeille sans espoir,
Au sein d'une vague pensée.
Par quels songes je suis bercée?..
C'est Dieu seul qui doit le savoir.

XLII

PENDANT L'ABSENCE

SONNET

Ange à demi voilé qui me fuis en tout lieu,
Partout tu m'apparais; le soir dans la pénombre,
Dans la splendeur du jour, comme dans la nuit sombre,
Astre dont les rayons sont un regard de Dieu!

Tantôt loin de la terre, au delà du ciel bleu,
Nos êtres confondus, ne formant plus qu'une ombre,
Dans des songes sans fin, des mirages sans nombre,
Je m'élève avec toi jusqu'aux sphères de feu.

Tantôt l'oiseau me dit ton nom dans son ramage;
Chaque horizon nouveau m'offre ta douce image;
Mille échos indécis m'entretiennent de toi :

Mon oreille t'entend même au sein du silence,
Mon âme en frémissant vers la tienne s'élance,
Et ton amour, c'est Dieu qui daigne vivre en moi!

XLIII

A UNE VIEILLE AMIE

QUAND vous n'étiez qu'une fillette,
Simple et timide avec chacun,
On vous appelait VIOLETTE;
Vous en aviez le doux parfum.

Vous devîntes BOUTON DE ROSE;
— Ce fut le nom qu'on vous donna;
Personne ne s'en étonna,
Tant le mot peignait bien la chose.

Puis le bouton s'épanouit,
Et le printemps s'évanouit :
De l'été vous fûtes la reine.
Mais ce fut un nouveau printemps,
Qui pour vous dura si longtemps,
Que l'on y pouvait croire à peine.

Et le temps à vous regarder
S'est laissé sans doute attarder,
N'osant briser votre couronne.
En bon prince, il vous a permis
De conserver pour vos amis
Le parfum des roses d'automne.

XLIV

UNE ABEILLE

SONNET

A l'heure où l'aurore s'éveille,
Où vas-tu, diligente abeille?
— Pour ma voisine, ce matin,
Je suis en quête de butin.

— Et la paresseuse sommeille?
— Non; pauvre et malade, elle veille.
— Que cherches-tu? — Des fleurs de thym,
Contre son mal baume certain.

— Le thym ne croît pas dans nos plaines,
Mais dans ces montagnes lointaines,
Où l'ouragan n'épargne rien.

— Je le sais, mais j'y songe à peine :
Il faut, pour faire un peu de bien,
Prendre parfois beaucoup de peine.

XLV

LE DOUBLE SECRET

SONNET

A quoi penses-tu, Cyprien?
— A quoi songes-tu, Marguerite?
— C'est mon secret, dis-moi le tien?
— Me taire aura plus de mérite.

— Pourquoi? — Pourquoi!.. Je n'en sais rien.
— Oh! quelle réponse hypocrite!
— Il te faut mon secret! Eh bien...
Non! j'ai trop peur qu'il ne t'irrite!

Ils sont presque enfants tous les deux;
Leur secret se lit dans leurs yeux;
La crainte tient leurs bouches closes.

L'instinct les pousse au premier pas;
C'est à qui ne le fera pas...
L'amour arrangera les choses.

XLVI

MÉLODIE

A Madame Rose LAJEUNIE.

JE ne vous connais pas; et pourtant je m'incline
Devant ce don de plaire et de vous faire aimer
Que le ciel mit en vous comme une fleur divine :
A son riche parfum la rose se devine,
Avant que son éclat puisse encor nous charmer.

Étrangère à mes yeux, je sais ce que vous êtes :
J'ai ravi votre image aux vers de ces poètes,
Formant à votre cour un essaim merveilleux.
Sous le voile discret de leurs transports pieux,

Ils m'ont fait entrevoir l'objet qui les inspire.
Ce qu'ils ont si bien dit, je n'ose le redire;
Vieillard indigne, hélas! de lutter avec eux,
Je me tais.
Mais voici qu'une rumeur confuse
En vous m'a révélé la fille d'une muse :
Euterpe vous inspire et vous dicte ses chants!
Quand l'hiver va glacer ma verve refroidie,
Laissez-moi confier à votre mélodie
Quelques vers attardés qui parlent du printemps :
C'est à vous qu'ils devront le souffle de la vie.

XLVII

LES DEUX MARSEILLAIS

C'ÉTAIT un meunier comme on n'en voit guère,
Un pur Phocéen, doux et bon enfant;
Il aurait moulu les os de son père,
Plutôt que cessé de moudre un instant.

Pour ce gaillard-là, tout était facile :
Le mistral trop fort, il le contenait;
Et si son moulin restait immobile,
Il soufflait dessus... le moulin tournait!

Comme tout meunier il avait un âne,
Mais un âne fort... comme un éléphant!
On en parlait tant et tant, Dieu me damne!
Qu'à la fin des fins, c'était embêtant.

Le meunier aimait, en bon camarade,
L'âne, qui l'aimait, je crois, encor plus.
On les appelait... Oreste et Pylade,
Comme qui dirait Castor et Pollux.

Et quand ils allaient au port d'un air crâne,
En se les montrant, chacun de crier :
« Tron de l'air! Vois-tu le meunier de l'âne?
— Bagasse! Vois donc l'âne du meunier! »

La guerre, pourtant, l'affreuse canaille!
Entre ces deux cœurs lança son tison :
L'âne ne voulait manger que du son;
Son maître voulait le nourrir de paille.

Tous deux de Marseille étant nés natifs,
Ce qu'ils avaient mis dedans leurs cervelles,
Ils ne l'avaient point dessous leurs semelles;
Aussi le débat devint des plus vifs :

« Eh bien, pensait l'âne au fond de sa tête,
Je ne marcherai désormais qu'au pas. »

Et l'autre disait : « Cet âne m'embête,
Je le rosserai s'il ne trotte pas! »

Chacun commença dès lors ses bravades,
Le baudet reçut des coups forcenés;
L'autre n'y gagna que des pétarades,
Que l'âne en ruant lui lançait au nez.

« Bon! dit le meunier, tout cela m'agace,
Je veux, dès demain, triompher de toi.
J'en sais le moyen. Tu verras, bagasse,
Si l'on peut ainsi se moquer de moi. »

Le voilà parti pour la Cannebière,
D'un pharmacien tournant le bouton :
— « Serviteur! dit-il, à l'apothicaire,
Vingt sous de piment, s'il vous plait, mon bon. »

— Duquel? — Du plus fort, du plus énergique.
— Eh donc! le plus fort c'est de l'enragé.
— Le plus enragé, le plus diabolique,
Sera le *plus bon* pour le plan que j'ai.

Son piment en poche, il sort le bourrique,
Le bâte, le bride, et lui crie : « Allons! »
En l'avantageant d'un grand coup de trique.
Le bourrique part... mais à reculons.

« Je vois ce que c'est : c'est quelque lanière
Qui doit te gêner : Espère un moment? »
Il lève la queue, et... sous la croupière...
Pour faire l'épreuve, il fourre un piment.

Au bout d'un instant, le piment fait rage :
L'âne dans le corps croit avoir l'enfer!
Mais, comme à ruer rien ne se dégage,
Il part comme un train de chemin de fer.

Son maître le suit à quelque distance;
Mais, de plus en plus, perdant du terrain,
Et voyant combien l'âne le devance,
En courant toujours, il se dit soudain :

« Vu les bons effets de cette recette,
J'en puis bien user pour moi si je veux; »
Et pour rattraper plus vite sa bête,
Au lieu d'un piment, il s'en fourre deux!

Ils ne courent plus : c'est le vent qui passe
Comme un ouragan, comme un tourbillon!
Ils sifflent ensemble au sein de l'espace,
Comme deux boulets d'un même canon.

Le roussin qui sent son maître derrière,
Et qui craint d'avoir un piment de plus,

Pour s'en dispenser saute une rivière;
Le meunier aussi saute par-dessus!

Grand Dieu! devant eux un express arrive!
Mais, grâce au piment, comme un vrai dragon,
Le baudet franchit la locomotive;
L'autre en fait autant du dernier wagon!

Les voilà déjà bien loin de Marseille;
En une seconde, ils brûlent Toulon;
Ce n'est qu'un éclair de Nice à Menton :
On n'a jamais vu de course pareille!

A continuer cette allure-ci,
En moins d'un quart d'heure ils seront à Gênes;
Le meunier qui sent du feu dans ses veines
Et dans l'atmosphère un goût de roussi,

S'aperçoit bientôt que son âne flambe
Autour de la queue : « Arrête, mon bon!
Sautons dans la mer! je crois qu'une jambe
Me fume, me cuit et devient jambon! »

L'âne, par bonheur, jugeant que son maitre,
Tout près de rôtir, parle franchement,
Croit pouvoir plonger sans se compromettre,
Et l'onde azurée éteint le piment.

Ils gagnent alors Marseille à la nage :
Sans trop se presser, pour se rafraîchir,
Et depuis ils font excellent ménage,
Ayant eu le temps de mieux réfléchir.

Vainqueurs l'un et l'autre après la bataille,
Ils ont profité de cette leçon :
Tous les deux jours, l'âne aura de la paille,
Et les autres jours il aura du son.

FIN

TABLE DES MATIÈRES

Typ. Oberthür, Rennes—Paris (586-89).

www.ingramcontent.com/pod-product-compliance
Ingram Content Group UK Ltd.
Pitfield, Milton Keynes, MK11 3LW, UK
UKHW031856260826
14628UKWH00002B/815

9 782019 282387